Para mi nieta Mila, te transmito esta historia con todo mi amor.
A la memoria de Abuela, quien hizo borekas llenas de esperanza.
Y a los sefardíes en todas partes, mazalozo ke sea nuestro avenir.
—R.B.

Gracias siempre a Jared, Miranda y Griffin por su amor y apoyo.
Y a mi abuela, Chayito, en quien solía pensar mientras pintaba esta historia.
—D.H.

THIS IS A BORZOI BOOK PUBLISHED BY ALFRED A. KNOPF

Text copyright © 2022 by Ruth Behar
Jacket art and interior illustrations copyright © 2022 by Devon Holzwarth

All rights reserved. Published in the United States by Alfred A. Knopf,
an imprint of Random House Children's Books, a division of Penguin Random House LLC, New York.

Knopf, Borzoi Books, and the colophon are registered trademarks of Penguin Random House LLC.

Visit us on the Web! rhcbooks.com

Educators and librarians, for a variety of teaching tools, visit us at RHTeachersLibrarians.com

Library of Congress Cataloging-in-Publication Data is available upon request.
ISBN 978-0-593-38106-9 (trade) — ISBN 978-0-593-38107-6 (lib. bdg.) — ISBN 978-0-593-38108-3 (ebook)

The text of this book is set in 13-point Cabrito Norm Regular.
The illustrations were created using gouache, watercolor,
and colored pencil with digital finishing in Procreate.
Book design by Nicole de las Heras

MANUFACTURED IN CHINA
January 2022
10 9 8 7 6 5 4 3 2 1

First Edition

El nuevo hogar de Tía Fortuna

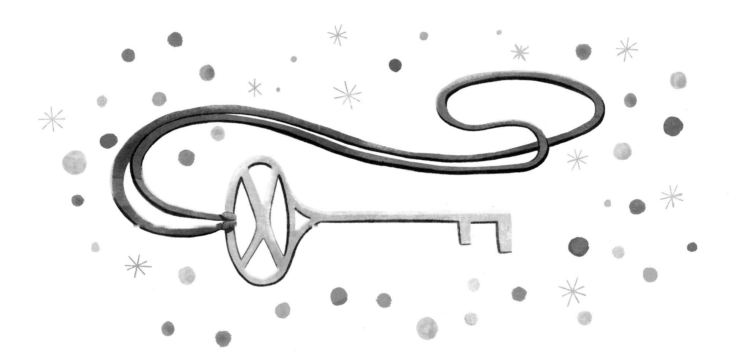

escrito por

RUTH BEHAR

ilustrado por

DEVON HOLZWARTH

traducido por Yanitzia Canetti

Alfred A. Knopf
New York

M e encanta visitar a mi tía Fortuna en su casita rosada del Seaway.
Cuando mi tía era pequeña, vivía al otro lado del mar, en La Habana.

Desde su azotea, saludaba los barcos cuando llegaban al puerto.

Pero un día, Tía tuvo que irse, con solo una maleta de fotografías antiguas y la mezuzá fijada a su puerta, y la llave de una casa a la que no volvería jamás.

Se sintió perdida y derramó muchas lágrimas, hasta que encontró su casita en el Seaway.

Ella ha vivido allí por años y años.

Hoy es el último día de Tía en el Seaway.

—¿Por qué tienes que mudarte, Tía?

—Las excavadoras están llegando para derribar el Seaway. Van a construir un hotel de lujo aquí.

—¿Qué pasará con tu casita rosada?

—Mi hogar será un recuerdo.

Tía toca la llave de su collar:

—Como la casa que dejé en La Habana, un recuerdo.

QUE DIOS LE BENDIGA

—Pero yo quiero visitarte en el Seaway hoy, y el próximo viernes, y siempre.

—Es hora de decir adiós, Estrella, y desear un *mazal bueno*.

Tía me da un abrazo y sus pulseras de ojitos de la buena suerte tintinean y centellean.

—Ven, Estrella, vamos a saludar la playa, la playa quiere saludarte.

Nos quitamos las chancletas y respiramos el aire salado.

—¡Mira ese cielo azul brillante! El sol nos da a todos su luz libremente.

el sol, el sol, el sol

—El mar ruge toda la noche, y ahora nos hace cosquillas en los pies.

el mar, el mar, el mar

Estrella

Tía se hunde en la arena.

—¡Qué bonita casita estás haciendo! —me dice.

¿Cómo Tía puede ser feliz en un día tan triste?

—Mañana el castillo de arena desaparecerá. . . ¡como nosotras!

—Todavía no es mañana, Estrella. Disfrutemos hoy.

Cuando regresamos al Seaway, Tía me sirve *borekas* calientes.
—¿Cómo logras que las *borekas* sepan tan deliciosas, Tía?
—Te diré mi secreto. Las relleno con papas y
queso. . . y esperanza.

—¿Cómo se pueden llenar de
esperanza las *borekas*?
—Porque son el alimento
de los abuelos de los
abuelos de tus abuelos
y de las abuelas de las
abuelas de tus abuelas.
Las llevaron de España a
Turquía y a Cuba. Ahora las
comemos aquí en Miami.

Tía sonríe.

—Venimos de personas que hallaban esperanza dondequiera que fueran.

—Esperanza, esperanza, esperanza —digo en voz alta.

Y ayudo a Tía a empacar una caja con el resto de las *borekas*.

*esperanza,
esperanza,
esperanza*

—¿Eso es todo lo que traes contigo? —le pregunto.

—No necesito mucho —responde—.
Tengo tantos recuerdos en esta maleta
—y señala su cabeza.

Llega Mami y tiene prisa.

—¡Espera! —dice Tía—. Necesito mi mezuzá de la buena suerte.

Pero la mezuzá de Tía está tan cubierta de salitre, que no se mueve.

Finalmente Tía pregunta:

—Mezuzá, ¿podrías venir conmigo? —y se suelta de pronto de la puerta.

Tía cierra la puerta y se mete la enorme
llave de bronce en el bolsillo.
—Adiós, mis palmeras, adiós —susurra.
Las palmeras le responden silbando:

adiós, adiós, adiós

Dejamos atrás el mar y nos dirigimos hacia los banianos y las mariposas.

En el portón de la entrada, siento que la mano de Tía tiembla.

—Tía, ¿dónde estamos?

—La casa de los viejitos —dice Tía.

Se apoya en un baniano y pasa
las manos por su tronco enredado
de raíces.

—Hola, encantada de conocerte.
Has estado aquí un tiempo, ¿no es así?

El baniano le asiente a Tía con la
cabeza y dice:

hola, hola, hola

Entramos y Tía dice:

—Compartamos las *borekas* con todos los que conozcamos.

Pronto todos están dando las gracias:

—¡De nada! —responde Tía, y enseguida hace nuevas amistades.

La señora de la habitación de al lado de Tía nos escucha hablar en español.

—Viví una vez en el puerto de La Habana y saludaba a los barcos —comenta.

—¡Yo también! —le dice Tía—. ¡Me alegra que vayamos a ser vecinas!

Y se ríen juntas como viejas amigas.

Mami trae la maleta de Tía.

Yo ayudo a clavar la mezuzá corroída por la sal
en el nuevo marco de la puerta.

Acomodo las almohadas de Tía en su cama.

—Aquí tienes un buen lugar para tus álbumes de
fotos —le digo.

—Gracias, Estrellita. ¡Ya me empiezo a sentir
muy cómoda aquí! —dice Tía.

Me da un abrazo y sus pulseras de ojitos
de la buena suerte tintinean y centellean.

—Tía, la próxima vez que venga a visitarte, nos sentaremos en el jardín y observaremos la danza de las mariposas.

—*Mashallah,* si Dios quiere —dice Tía—. Mientras tanto, aquí tienes un regalo, Estrella.

Ella me pone algo frío en la palma de la mano y me la cierra:

—¡LA LLAVE DEL *SEAWAY!*

—Mira, Tía. ¡La usaré en el cuello!

Y apenas deslizo la gran llave de bronce
alrededor de mi cuello. . .

escucho la risa del mar y huelo el aire salado.

Puedo ver a las abuelas y abuelos de hace
mucho tiempo, llevando *borekas* de España a
Turquía, a Cuba y a Miami.

En la puerta principal, vemos cómo la noche
extiende su manto sobre el mundo.
 —Mira, Tía. La primera estrella ilumina
la oscuridad en todas partes.

Estrella,
estrella,
estrella

 —repite ella.

Tía me da un abrazo
de despedida y, al doblar
por el sendero, susurro
"Mazal bueno" bajo la
noche estrellada.

Nota de la autora

Esta historia sobre la Tía Fortuna retrata la vida de una judía sefardí de Cuba. La palabra sefardí proviene de Sefarad, palabra hebrea para España. Los sefardíes descienden de los judíos que una vez vivieron en España y fueron obligados a salir en 1492 debido a sus creencias religiosas. Muchos se lanzaron al mar y encontraron un nuevo hogar en lo que hoy es Turquía. En los últimos cien años, la mayoría de los sefardíes se han trasladado a Estados Unidos, América Latina e Israel. Algunos se instalaron en Cuba y se enamoraron de la isla tropical, pero después de la revolución de 1959, perdieron su sustento y emigraron a Miami, comenzando una vez más.

Los judíos sefardíes nunca olvidaron su ascendencia española. Quedan ancianos que hablan el español antiguo de cuando vivieron en España hace siglos, un idioma conocido como ladino o judeo-español que ha sido transmitido a través de varias migraciones. Es un español melódico y agradable al oído. Una creencia común entre los judíos sefardíes es que pueden ser afectados por el mal de ojo. Piensan que si las cosas van demasiado bien, es posible que sean maldecidos. Para protegerse, llevan amuletos de la buena suerte, como las pulseras con ojitos de muchos colores de Tía Fortuna. Y comen *borekas,* un pastel relleno de cosas deliciosas como puré de papas y queso. Son el alimento de un pueblo que se ha movido de un extremo a otro a lo largo de su historia. La leyenda dice que los sefardíes llevaban las llaves de las casas que perdieron dondequiera que iban, y eso les daba esperanza para la travesía que tenían por delante.

Soy hija de dos civilizaciones judías: la ashkenazí por parte de mi madre, heredando poderosas tradiciones *yiddish,* y la sefardí por parte de mi padre. Como estaba más cerca de la familia de mi madre, las tradiciones sefardíes me parecían más misteriosas y también más mágicas. Como Estrella, recogí fragmentos de una herencia sefardí y me fascinó la resistencia de la cultura que me estaba transmitiendo.

Aunque Tía Fortuna y Estrella son personajes de ficción, tengo la suerte de tener una tía sefardí encantadora en la vida real, que vive en Miami Beach y me sirve *borekas* cada vez que la visito. El Seaway también es un edificio real. Solía soñar con vivir allí y me entristeció mucho saber que pronto sería demolido y se construiría allí un hotel de lujo. Estaba pensando en esta noticia un día en que visitaba a mi tía, preocupada de que nuestras tradiciones sefardíes se perdieran. Quería volver a ser una niña, como Estrella, y tener la seguridad de que mi historia se mantendría viva.

Se están haciendo muchos esfuerzos para revitalizar la música, la cocina y la literatura sefardíes, e incluso el ladino como lengua. Pero lo más importante es que sigamos contando las historias y transmitiéndolas. Las personas de herencia sefardí necesitamos escuchar estas historias para saber quiénes somos, pero también todos los que deseen participar de la hermosa diversidad que es el alma de nuestra humanidad.

Glosario

a dank: gracias (en yiddish)

arigato: gracias (en japonés)

boreka (también deletreado bureka o boureka, o börek en turco): pastel de pastelería, empanada

Estrella: un nombre sefardí común

mashallah: si Dios quiere (en árabe), una expresión ampliamente utilizada por los judíos sefardíes

mazal bueno: buena suerte (en hebreo), bendición sefardí

merci: gracias (en francés)

mezuzá: pequeña caja que contiene un rollo de pergamino con una oración Shemá, colocada en el marco derecho de la puerta de las casas judías para proteger a los que viven adentro (*mezuzah* en hebreo)

obrigado: gracias (en portugués)

shukraan: gracias (en árabe)

todah: gracias (en hebreo)

Gracias

Con mi agradecimiento y amor a Alyssa Eisner Henkin, Nancy Paulsen, Ann Pearlman, Richard Blanco, Marjorie Agosín, Margarita Engle, Karen (Greenberg) Smith y a mi generosa maestra Sandra Cisneros, que me enseñó cómo hacer cantar este cuento. Cariños a mi esposo, David; mi hijo, Gabriel; mi nuera Sasha y mi nieta Mila; mi Tía Fanny; y Mami y Papi.